Citlali and
THE DAY OF THE DEAD
Citlali y el Día de Muertos

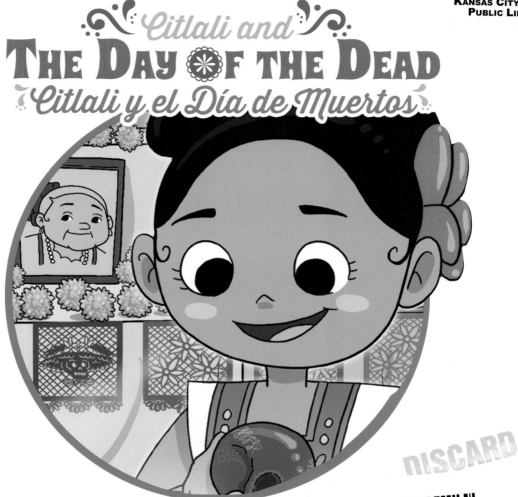

BY BERTA DE LLANO

ILLUSTRATED BY JAIME RIVERA (

A Division of
Carson Dellosa Education.

© 2021 Rourke Educational Media
Published by Rourke Educational Media | rourkeeducationalmedia.com

Library of Congress PCN Data
Citlali and the Day of the Dead / Citlali y el Día de Muertos
(Keepsake Stories)
ISBN 978-1-73164-176-2 (hard cover) (alk. paper)
ISBN 978-1-73164-168-7 (soft cover)
ISBN 978-1-73164-172-4 (e-Book)
ISBN 978-1-73164-180-9 (e-Pub)
Library of Congress Control Number: 2020931174
Printed in the United States of America
01-1942011937

—¡El Día de Muertos ya casi está aquí! —exclamó el maestro con alegría. La escuela estaba llena de emoción.

⁓⁕⁂⁕⁓

"The Day of the Dead is almost here!" the teacher exclaimed with delight. The school was full of excitement.

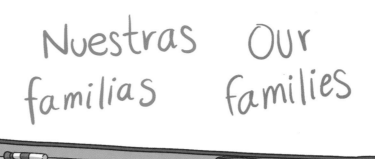

Citlali estaba también feliz. ¡Su clase estaba a cargo de la ofrenda escolar! A Citlali le encantaban las ofrendas del Día de Muertos con sus flores coloridas, los retratos, y las velas. Este año, todos tenían que llevar algo para honrar a un familiar que ya no se encontraba entre ellos.

~~~

Citlali was happy, too. Her class was in charge of the school *ofrenda*! Citlali loved the Day of the Dead altars with their bright flowers, pictures, and candles. This year, everyone had to bring something to honor a family member who was no longer with them.

Aquella noche en la merienda, Mamá se dio cuenta de que su hija estaba preocupada. —¿Qué te pasa, Estrellita? —preguntó.

—Estoy preocupada por la ofrenda escolar. —Citlali le explicó —. No sé qué llevar para honrar a Mamá Elena.

Extrañaba a su abuela todos los días y la ofrenda era una oportunidad para demostrar cómo se sentía.

That evening at supper, Mamá noticed that her daughter was troubled. "What's wrong, little star?" she asked.

"I'm worried about the school *ofrenda*," Citlali explained. "I don't know what to bring to honor Mamá Elena."

She missed her grandmother every day, and the *ofrenda* was a chance to show how she felt.

—Toma tu chocolate y pan dulce —su mamá sonrió—. Y esta noche, al mirar las estrellas algo se te ocurrirá.

Mamá siempre le recordaba a Citlali que su nombre significaba «estrella», y que las estrellas centelleantes en el cielo nocturno le darían ideas. ¡Cómo deseaba Citlali que su mamá tuviese razón!

"Have some hot chocolate and sweet bread," her mother smiled. "And tonight, when you look up at the stars, you will think of something."

Mamá always reminded Citlali that her name meant *star*, and that twinkling stars in the night sky would give her ideas. Citlali hoped her mother was right!

A la mañana siguiente, mientras Citlali ayudaba a regar las plantas, Mamá preguntó —¿Te mandaron buenas ideas las estrellas anoche?

~∞~

The next morning, as Citlali helped water the plants, Mamá asked, "Did the stars give you any good ideas last night?"

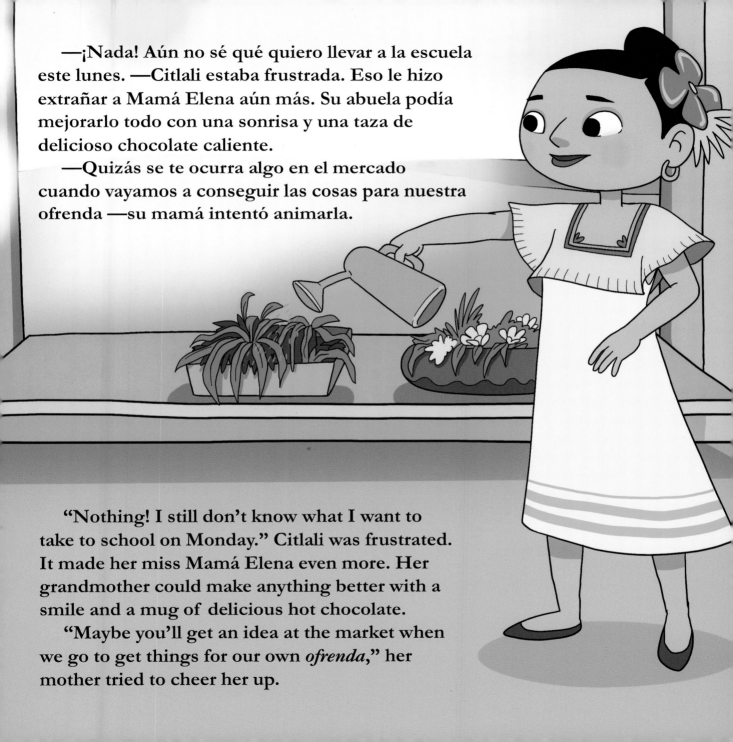

—¡Nada! Aún no sé qué quiero llevar a la escuela
este lunes. —Citlali estaba frustrada. Eso le hizo
extrañar a Mamá Elena aún más. Su abuela podía
mejorarlo todo con una sonrisa y una taza de
delicioso chocolate caliente.

—Quizás se te ocurra algo en el mercado
cuando vayamos a conseguir las cosas para nuestra
ofrenda —su mamá intentó animarla.

"Nothing! I still don't know what I want to
take to school on Monday." Citlali was frustrated.
It made her miss Mamá Elena even more. Her
grandmother could make anything better with a
smile and a mug of delicious hot chocolate.

"Maybe you'll get an idea at the market when
we go to get things for our own *ofrenda*," her
mother tried to cheer her up.

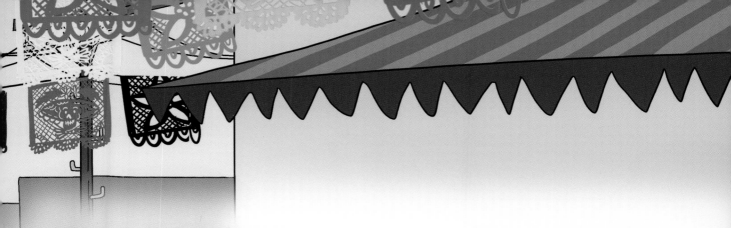

Al entrar al mercado, Citlali miró asombrada. Lo habían transformado para el Día de Muertos. Estaba bañado en colores brillantes.

Había flores, dulces, pan recién horneado, veladoras, y pequeños juguetes de madera por dondequiera. Papel picado ondeaba con la brisa.

Mientras Mamá compraba algunas velas y un enorme ramo de cempasúchil, a Citlali le atraía el delicioso aroma de pan de muerto. Durante la próxima semana, Citlali y su familia comerían este pan especial con su chocolate caliente.

As they entered the market, Citlali stared in wonder. It had been transformed for the Day of the Dead. Everything was bathed in bright colors.

There were flowers, candy, freshly baked bread, candles, and little wooden toys everywhere. Paper banners waved in the breeze.

While Mamá bought some candles and a huge bouquet of bright marigolds, Citlali was drawn to the delicious smell of *pan de muerto*. For the next week, Citlali and her family would have this special bread with their hot chocolate.

Mamá dejó que Citlali escogiera el papel picado para su ofrenda. Escogió catrinas en amarillo brillante y morado puesto que Mamá Elena adoraba las elegantes calacas de sombrero.

Mamá let Citlali choose the paper banners for their *ofrenda*. She picked bright yellow and purple *catrinas* since Mamá Elena loved the lady skeletons dressed in hats.

La próxima parada era la favorita de Citlali—¡la dulcería! Necesitaban las calaveritas de azúcar las cuales eran una parte tan importante de cualquier ofrenda. Citlali siempre compraba una para cada uno de sus abuelos y bisabuelos que habían fallecido. En la casa, les haría una pequeña etiqueta para cada uno.

Escogió una calaverita colorida de chocolate para Mamá Elena. Era el primer año que la familia la incluía en la ofrenda, ¡y a Mamá Elena le había encantado el chocolate!

Their next stop was Citlali's favorite—the candy shop! They needed the little sugar skulls that were such an important part of any *ofrenda*. Citlali always got one for every one of her grandparents and great-grandparents who had passed away. At home, she would make a little name tag for each one.

She picked a colorful chocolate skull for Mamá Elena. This was the first year that the family would include her in the *ofrenda*, and Mamá Elena loved chocolate!

De nuevo en casa, Mamá y Citlali se pusieron a trabajar. Montaron su ofrenda en la mesa del comedor y colocaron el papel picado. Sobre el mantel blanco de algodón, pusieron las velas, las flores, y el pan de muerto.

En lo que Mamá iba por los retratos de los abuelos y bisabuelos, Citlali esparció cempasúchil.

⁓⁓⁓

Back home, Mamá and Citlali got to work. They set up their *ofrenda* on the dining room table and hung the banners. On the white cotton tablecloth, they set out the candles, flowers, and *pan de muerto*.

While Mamá gathered pictures of her grandparents and great-grandparents, Citlali scattered marigolds.

Mamá colocó los retratos en la ofrenda. Como cada año, Citlali pusó las etiquetas en las calaveritas. Luego nombró a cada uno de sus queridos familiares.

—Papá Ricardo, Abuela Mariana, Abuela Rocío, Abuelo Miguel, y Abuelo Juan. ¡Y para Mamá Elena, una calaverita de chocolate por todo el chocolate que compartió conmigo!

Mamá placed the pictures on the *ofrenda*. Like every year, Citlali put name tags on the sugar skulls. She then called out the name of each beloved family member.

"Papá Ricardo, Abuela Mariana, Abuela Rocío, Abuelo Miguel, and Abuelo Juan. And for Mamá Elena, a chocolate skull for all the chocolate that she shared with me!"

El siguiente día era *Mérida en Domingo*. Las calles del centro se cerraron al tráfico y la gran plaza en la ciudad de Mérida se convirtió en un enorme festival con música y baile. La familia de Citlali siempre iba junta. Papá y Citlali compraban raspados cuando ella vio a su amigo Fernando.

—¡Hola, Citlali! —la saludó Fernando—. ¿Veniste a buscar algo para la ofrenda escolar? Llevo este cuadrito para honrar a mi tío abuelo Mario. Fue un artista muy conocido.

—¡Qué buena idea! —le dijo Citlali—. «A Mamá Elena le gustaban las pinturas», pensó, «pero una pintura no mostraría lo que la hacía tan especial. Tengo que pensar en otra cosa».

The next day was *Mérida en Domingo*. The streets were closed to traffic, and the town square in the city of Mérida became one huge festival with music and dancing. Citlali's family always went together. Papá and Citlali were getting snow cones when she saw her friend Fernando.

"*Hola*, Citlali," Fernando greeted her. "Did you come to find something for the school *ofrenda*? I'm bringing a painting to honor my great-uncle Mario. He was a famous artist."

"What a great idea!" Citlali told him. *Mamá Elena liked paintings*, she thought, *but a painting won't show what made her so special. I need to think of something else.*

Mamá y Citlali disfrutaban de las danzas folclóricas cuando Sofía, otra amiga, las saludó:

—¡Hola, Citlali! ¿También les gustan las danzas? Yo siempre vengo a ver a mi hermana Rosa bailar. Mañana, voy a llevar su rebozo de seda a la escuela. Nuestra bisabuela era bailarina de danza folclórica y la gente dice que Rosa se la recuerda.

⁓⦵⦵⦵⦵⦵⦵⦵⦵⦵⁓

Mamá and Citlali were enjoying the folk dances when another friend, Sofía, came to say hello.

"*Hola*, Citlali. Do you like the dances too? I always come to watch my sister, Rosa, dance. Tomorrow, I'm going to take her silk shawl to school. Our great-grandmother was a folk dancer, and people say Rosa reminds them of her."

—¡Que cosa tan maravillosa para llevar! —Citlali le dijo a Sofía.
«A Mamá Elena le fascinaban los bailes folclóricos», pensó, «pero ella
jamás llevaba un rebozo. Tengo que pensar en otra cosa».

~∾∾∾~

"That's a wonderful thing to bring!" Citlali told Sofía. *Mamá Elena
loved folk dances*, she thought, *but she never wore a shawl. I need to
think of something else.*

Cuando Citlali y sus papás se sentaron a escuchar la música de
marimba, vio a más compañeros. Saludó a Hugo y Daniel.

—¡Hola, Citlali! —la saludaron—. Vinimos a pedirle a nuestro
tío sus baquetas para la ofrenda escolar. Nuestro abuelo Ramón
fue un gran músico de marimba.

❧

When Citlali and her parents sat down to listen to the marimba
music, she saw more of her classmates. She waved to Hugo
and Daniel.

"*Hola*, Citlali," they called out together. "We want to ask our
uncle to let us borrow his mallets for the school *ofrenda*. Our
grandfather Ramón was a great marimba player."

—¡Me encanta esa idea! —dijo Citlali. «Mamá Elena disfrutaba la música de marimba», pensó, Citlali «pero nunca aprendió a tocar. Tengo que pensar en otra cosa».

⁓⁓⁓

"I love that idea!" Citlali said. *Mamá Elena did enjoy marimba music*, Citlali thought, *but she never learned to play. I need to think of something else.*

Esa noche, Citlali miró al cielo. Las estrellas le recordaron a Mamá Elena y el amor especial que tenían la una por la otra. Pasaron muchas noches en la mesa de la cocina hablando y bebiendo chocolate caliente.

⁓⁓⁓

That night, Citlali looked up at the sky. The stars reminded her of Mamá Elena and the special love they had for each other. They spent many evenings at the kitchen table talking and drinking hot chocolate.

A través de la ventana, pudo ver a Mamá preparando el chocolate caliente, justo como lo hacía Mamá Elena.

—¡Eso es! —dijo. —Corrió adentro.

Through the window, she could see Mamá preparing the hot chocolate just the way Mamá Elena had.

"That's it!" she said. She ran inside.

—¡Mamá, ya sé lo que más me gustaba de Mamá Elena! Me gustaba sentarme aquí a platicar mientras preparaba el chocolate caliente.

—Así es, Citlali, tú y Mamá Elena se pasaban todas las noches en la cocina mientras que preparaba el chocolate. ¿Y sabes que hacía tan delicioso su chocolate?

"Mamá, I know what I liked best about Mamá Elena! I liked sitting here talking to her while she made hot chocolate."

"That's right, Citlali. You and Mamá Elena would spend every evening in the kitchen while she made hot chocolate. And do you know what made her hot chocolate so delicious?"

—El metate. —Mamá le señaló una gran piedra plana y rectangular con cuatro pequeñas patas que parecía una pequeña mesa. Encima había una larga y redonda piedra en forma de un rodillo. Citlali recordaba a Mamá Elena usando estas herramientas antiguas, pero no había sentido curiosidad por ellas hasta ahora.

"The *metate*." Mamá pointed to a flat rectangular stone with four little legs that looked like a tiny table. On top was a long, round stone shaped like a rolling pin. Citlali remembered Mamá Elena using the old tools, but she had never been curious about them until now.

—¿Para qué usas el metate? —preguntó Citlali.

"What do you use the *metate* for?" Citlali asked.

—Ay, yo no lo uso, pero lo guardo porque tu abuela lo usaba y tu bisabuela antes que ella. Allí es donde molían las semillas de cacao para hacer el chocolate.

—¿Hacían el chocolate? —Citlali no lo podía creer.

"Oh, I don't use it, but I keep it because your grandmother used it and your great-grandmother before her. That's where they ground the cocoa beans to make chocolate."

"They *made* chocolate?" Citlali couldn't believe it.

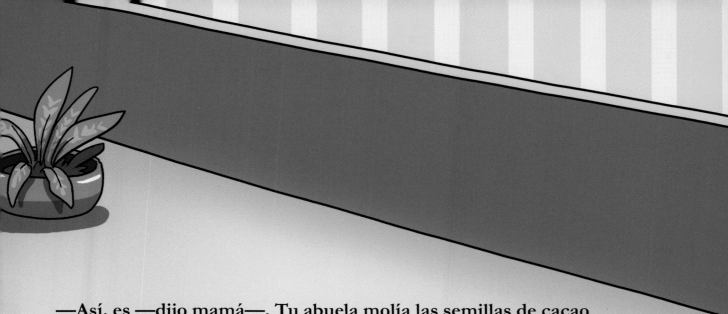

—Así, es —dijo mamá—. Tu abuela molía las semillas de cacao en el metate utilizando esta piedra más chica. Es el metlapilli. Lo tomó con ambas manos y lo talló contra el metate para enseñarle a Citlali.

—Claro, las semillas del cacao son muy duras —explicó—. Recuerdo que usaba tu abuela toda su fuerza para moler las semillas del cacao. Era un trabajo muy difícil. Las molía con azúcar y canela para darle un sabor especial.

"That's right!" Mamá said. "Your grandmother ground the cocoa beans on the *metate* using this smaller stone. It's a *metlapilli*." She held the stone in both hands and rubbed it against the *metate* to show Citlali.

"Of course, cocoa beans are very hard," Mamá explained. "I remember your grandmother would use all of her strength to grind the cocoa beans. It was very hard work. She ground them with sugar and cinnamon to give it a special flavor."

—¡Quiero probar! Quiero aprender a hacer chocolate como Mamá Elena. —Citlali talló el metlapilli sobre el duro y plano metate. Su mamá le quebró unas semillas de cacao para que las pudiese moler más fácilmente.

❧

"Let me try! I want to learn to make chocolate like Mamá Elena." Citlali rubbed the *metlapilli* across the hard, flat *metate*. Her mother cracked some of the cocoa beans, so they would grind more easily.

—¡Mamá, ya sé que voy a llevar a la escuela mañana para la ofrenda! —dijo Citlali muy emocionada—. Voy a llevar el metlapilli de Mamá Elena y algunas semillas de cacao. ¡La voy a honrar y a nuestra tradición familiar de hacer el mejor chocolate caliente!

Citlali le dio a su mamá un gran abrazo.

～⚬⚬⚬～

"Mamá, I know what I'm going to take to school tomorrow for the *ofrenda*!" Citlali cried excitedly. "I'm going to take Mamá Elena's *metlapilli* and some cocoa beans. I'm going to honor her and our family tradition of making the best hot chocolate ever!"

Citlali gave her mother a huge hug.

Al día siguiente, Citlali pudo compartir lo que había aprendido. —Mi Mamá Elena hacía el mejor chocolate de todo Mérida. Éstas son semillas de cacao, y éste es el metlapilli y el metate que usaba para molerlas. Mi abuela le enseñó a mi mamá, y ahora mi mamá me lo está enseñando a mí. Hoy, honro a mi abuela y les agradezco a todas las mujeres de mi familia por el delicioso chocolate caliente que bebo todas las noches.

The next day, Citlali got to share what she had learned. "My Mamá Elena made the best hot chocolate in all of Mérida. These are cocoa beans, and this is the *metlapilli* and the *metate* that she used to grind them. My grandmother taught my mother, and now my mother is teaching me! Today, I honor my grandmother and thank all the women in my family for the delicious hot chocolate I drink every night."